U0492325

我们为什么穿衣服？

英国V&A博物馆给孩子的服饰故事

[英] 海伦·汉考克斯 ● 著/绘

鱼橙 ● 译

北京联合出版公司
Beijing United Publishing Co.,Ltd.

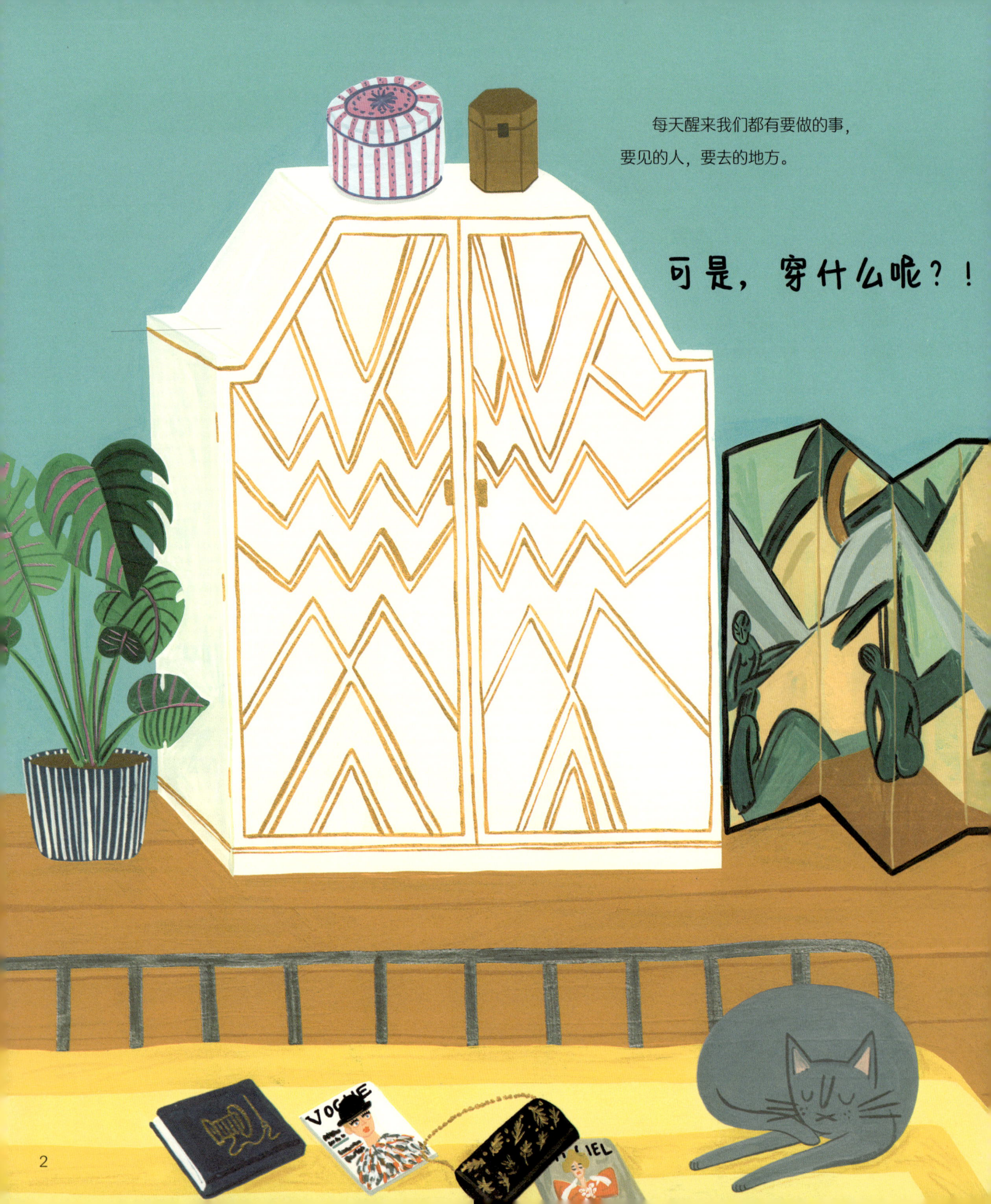

每天醒来我们都有要做的事，
要见的人，要去的地方。

可是，穿什么呢？！

早上收拾打扮时，你是怎样决定该穿哪件衣服的？

也许你总是穿上最喜欢的衬衫或毛衣，也许你得穿制服。或者，有没有一些特殊场合要求你穿着一套精致华美的服装？

要考虑的事情太多了！你会不会望向窗外看看天气如何？需要穿暖和一些，还是凉爽一些？你想不想从人群中脱颖而出？也许你是随手拿一件就匆匆穿上，还是前一天晚上就计划好穿什么？

你的着装可以在很大程度上透露你是什么样的人，做什么工作，来自哪里，以及你是谁。

那么，我们为什么穿自己所穿的衣服呢？！

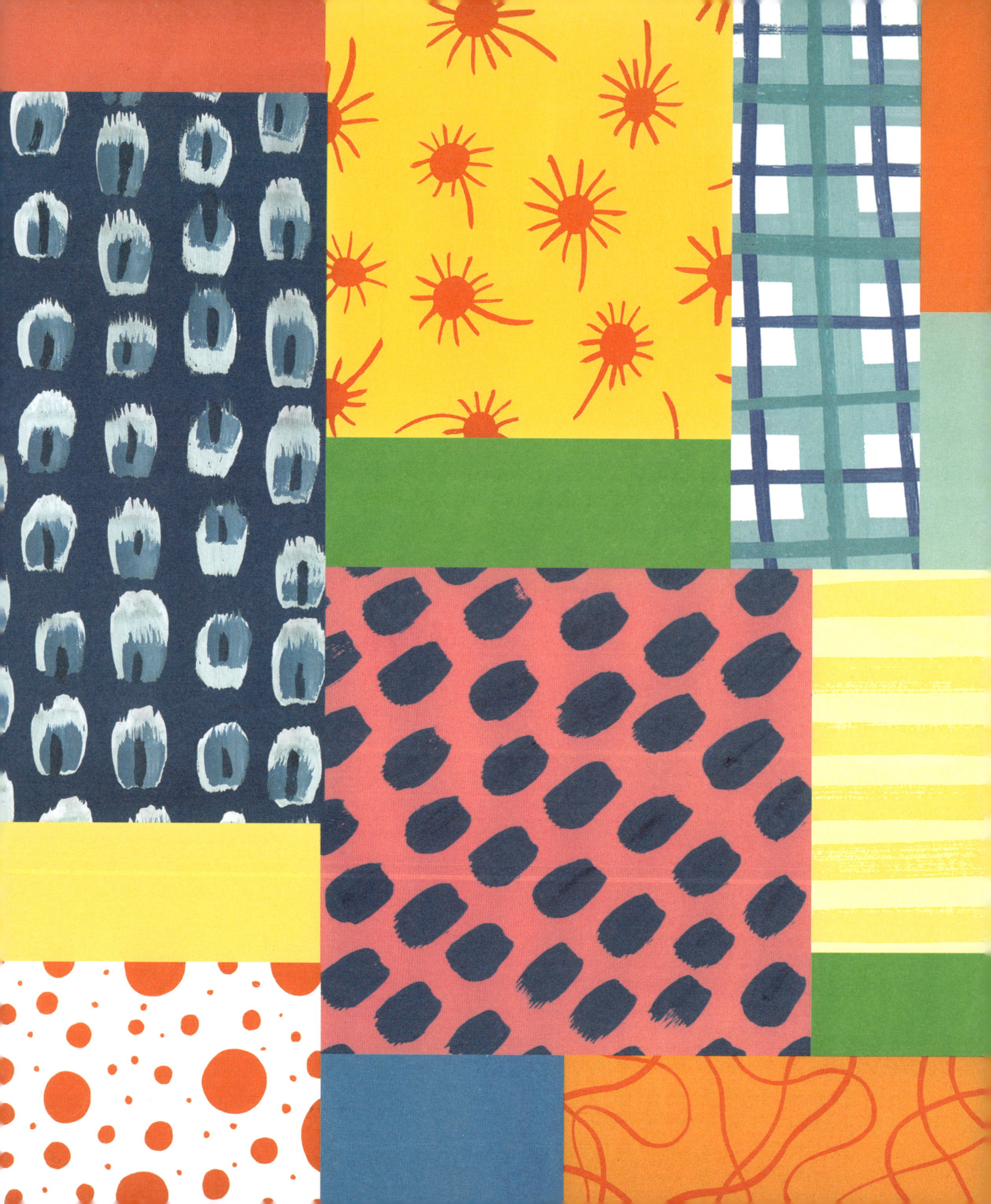

日常穿着

莫卡辛鞋

北美洲

圆顶礼帽

从英格兰到玻利维亚和秘鲁

你在世界的哪个地方？

许多服装、服饰或时装都与其首次出现的国家的传统或文化相关，即便现在已经没有人再穿了。随着人们在世界各地流动，着装传统随之迁移，新的着装方式也在形成……但我们今天穿的衣服仍然能透露关于我们祖先、文化或宗教的信息……

苏格兰短裙

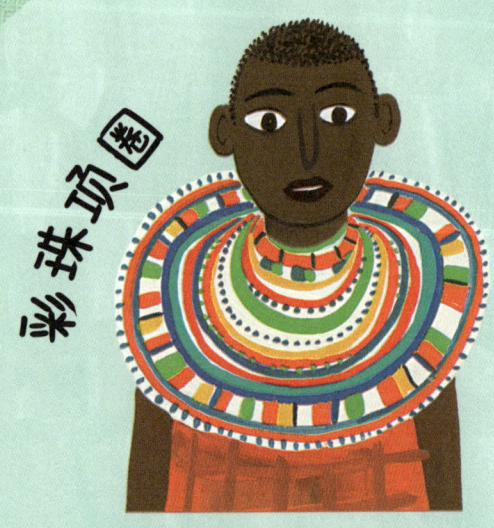

苏格兰

阿拉伯头巾

中东

串珠项圈

肯尼亚和坦桑尼亚北部的马赛人

考尔特

斯堪的纳维亚半岛北部和俄罗斯的萨米人

纱丽

印度

帼

不丹

和服

日本

蕾丝帽

法国布列塔尼

褂子

中国

不仅仅是你所在国家的文化会影响你的穿着。
你看天气预报了吗?

各种各样的天气

穿戴之前最好知道天气如何，确保自己穿得合适。

即便是雪人，也要看天气穿衣！

裹上层层叠叠的温暖衣物，抵御冬日的寒风。

给你的小狗穿上外套和鞋子，怎么样？

或者，在夏日炎炎中保持凉爽。

冰激凌是个不错的选择！

下雨了，改天吧！

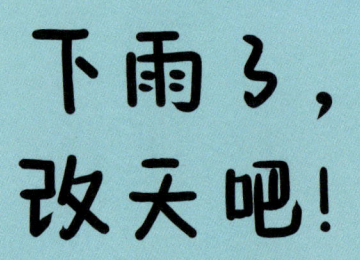

4000多年前，人类发明了伞。

在雨天，雨伞帮我们保持干爽。

在高温闷热的一天，你也许更想用阳伞遮阴——多适合散步呀！

麦金托什雨衣是根据其发明者——苏格兰人查尔斯·麦金托什命名的。一件真正的麦金托什雨衣由叠层橡胶材料制成。

天哪！20世纪60年代，玛丽·奎恩特设计了这样一些鲜艳的橡胶套鞋。

哗啦啦，
哗啦啦啦，
哗啦啦啦啦！

一旦穿戴齐全，你将格调十足，快在雨中歌唱吧！

当心!
别挡道!每个人都有要去的地方!他们都匆匆忙忙的,赶去上班,或赶去上学。

你能通过这些人的着装猜出他们的职业吗?

有些人
需要
戴领带
去上班
或上学。
你呢?
你知不知道
有超过

八十五

种系领带
的方法?
千万
别被打结
的方式
弄糊涂了!

自罗马时代以来，不同样式的领饰在欧洲陆陆续续地出现。17世纪，克罗地亚士兵给脖子系上围巾以束紧衬衣领。随后，法国人沿袭了这种装扮，他们称这种围巾为"领巾"。

丝巾　　　　**领巾**　　　　**领结**

如果你想要同样精致但更易于穿戴的东西，可以考虑蕾丝花边领*。

蕾丝花边领

哇，真华丽！

*关于拉夫领的更多信息见第43页。

休闲服

也许你没在工作,可你的衣服没闲着!科技帮我们制造出轻薄凉爽的夏衫,与这位跳水者身上的羊毛泳衣完全不同!

我们的许多休闲服最初都是为体育运动设计的,但如今,很多人即使不运动也会穿运动服,因为这类服装非常舒适且便于行动。

你知道吗?如果在温布尔登打网球,就得从头到脚都穿白色衣服,连内衣裤也必须是白色的!

说到内衣裤,我们得确保贴身衣物也要穿得恰到好处。虽然内衣裤通常看不到,但我们也不该忘记它们承担着重要的任务。它们可以作为额外的保温层,同时也能避免弄脏其他衣物,此外还能给我们提供支撑。

文胸、三角裤、短裤、马裤、短袜、背心、保暖内衣裤、长内裤、紧身胸衣、衬裙——你最喜欢哪一种内衣?又或者,你更喜欢不穿内衣?

如果我们想让自己的着装产生巨大的冲击力，可能需要在里面穿上更夸张的内衣。

在19世纪中后期，许多女性在裙底穿上这种鸟笼裙撑：它们能使裙子不落在肮脏的地板上、为身体塑形、承载布料的重量。不过，随着时间流逝，它们变得有点儿夸张*，穿起来可能过于沉重了！

这件东西会不会让我的屁股显得很大？

*鸟笼裙撑的完整效果图参见第38页曼图亚裙。

在出发开始新一天的旅程之前,你得确保脚上穿着东西。

……所以,找一双合脚的鞋吧……

……穿着它们,舞动步伐,驱走忧伤……

……让人眼前一亮……

……昂首挺立……

……将你最好的一面展示在最前面！

一定要用帽子给你的格调画上完美句号！它们可以很实用，也可以很浮夸。

哇，真华丽！

……给你的猫和鹰各来一顶帽子，怎么样？

……这是鞋子 还是 帽子呢？

……嗯……我想你的帽子响铃了。

丁零零，丁零零

我喜欢这顶帽子！

帽子，绚丽夺目的帽子！

……这顶果香浓郁的小帽子如何？？

戴着这顶帽子就能脱颖而出…… ……这顶也行……

用帽子表达自我。 ……就像这样…… 哦，天哪！

真有派头！ ……这顶帽子所有人都能戴！

可是，如果你自己看不见，你穿着打扮又有什么意义？

最早的眼镜很可能是在意大利制造，给修道士和学者们佩戴的，帮助他们阅读、写作。

如今眼镜的款式多种多样：墨镜、安全防护镜、飞行护目镜、观剧镜、单片眼镜。

双光眼镜能够让你透过一副眼镜的两个不同焦度区域的镜片看东西，美国开国元勋本杰明·富兰克林曾佩戴过。

这样好多了，现在你可以看得更清楚。

包里有什么？

如果需要随身携带一些物品，包就能派上用场。你的着装也能以它作为完美收官。

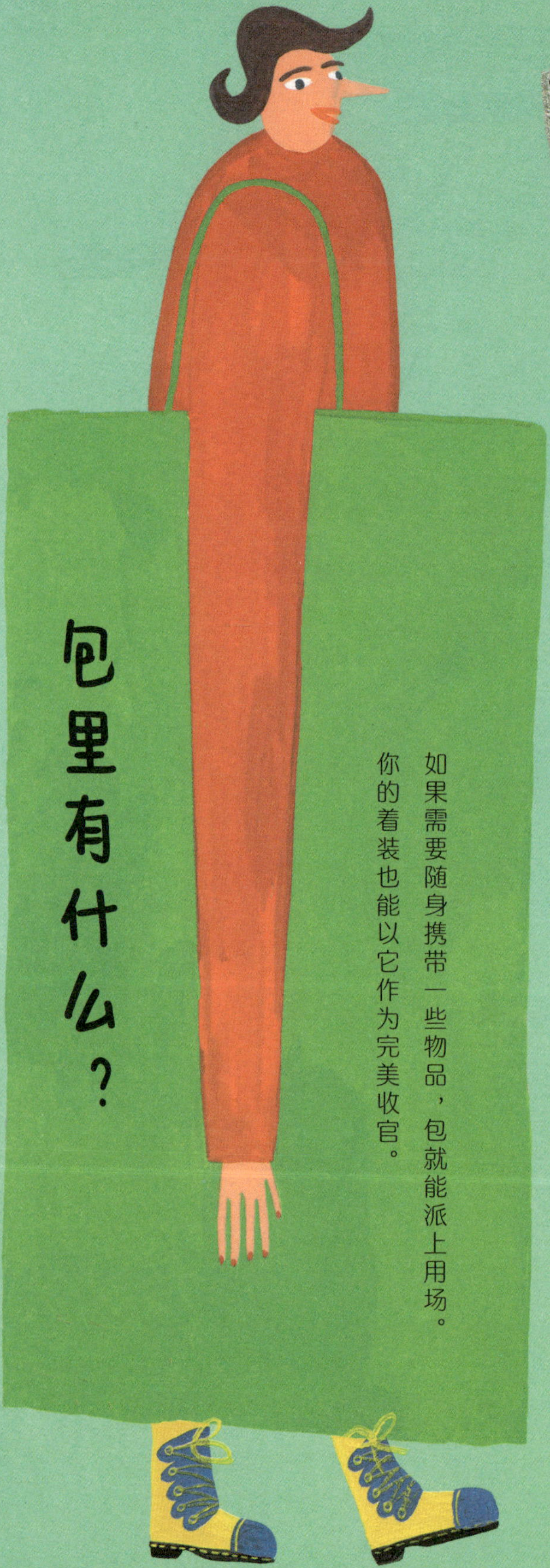

有大包，也有小包。

小狗提包，

装刚从面包店出炉的面包的包，

你随身携带的包，

跟着你翩翩起舞的包，

用来装帽子的包，

装硬币、钥匙等小物件的包，还有一个万能包。

你的包里装了些什么呢？

阿阿阿—— 阿嚏！！！

如果流鼻涕了，你可能需要一条手帕。

不过，手帕的用处可不仅是擤鼻涕：手帕可以对折当作沙滩头巾、绷带，或者作为一种引人注目的手段。你可以用手帕发信号示意比赛开始，或者将它作为信物送给你暗恋的人。

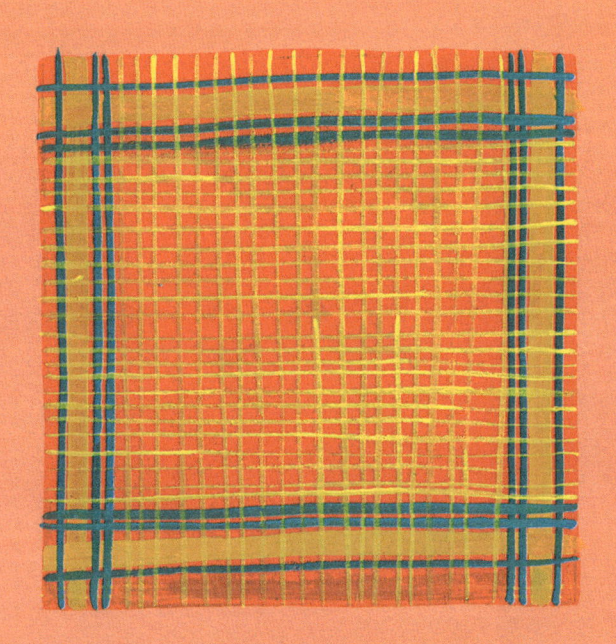

法国宫廷一度不允许任何人的手帕比国王的大！

可转念一想，这些实用的手帕漂亮过头了，用在鼻子上真浪费！

中世纪的骑士扔下铁手套下战书，而如今我们戴上手套装扮自己。

如果想在功能性或风格上为自己的装束增加最后一丝点缀，你可以从它们当中选一把……

你是扇子迷吗？

盛装打扮

如我们所见，服装能透露着装者的许多信息：他们来自何处，他们去向何方。不过，人们的衣着也能表达他们的信仰和观念。政治团体的成员们、抗议者们会身穿相应的服装向世界表明他们对某事的看法。

有时候，人们会穿戴更隐晦的服饰，秘密地向他人传递信息。

"风格帮助我们用简单的方式讲述复杂的事情。"
—— 让·谷克多

大声说，自豪地说！

保护老虎

加入我们的行列，让人们记住你。是时候表达自我了！

偶像们

这些人拥有独特的外表或着装，或是彰显自己特性的物件，他们以此启发和影响了全世界的时尚选择。

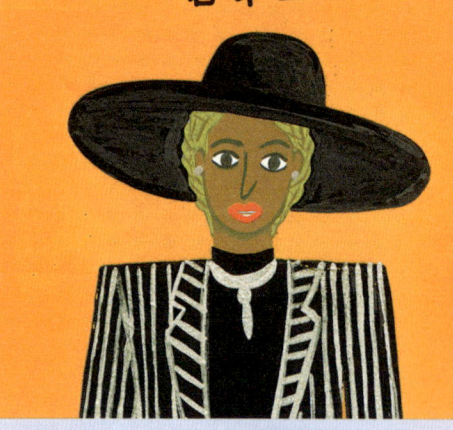

大卫·鲍伊

查理·卓别林

碧昂丝

艾瑞斯·阿普菲尔

普林斯

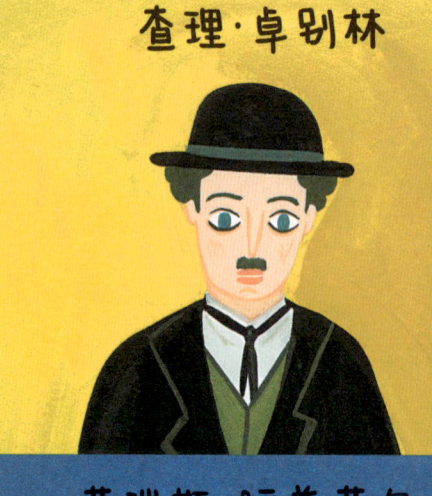

可可·香奈儿

弗里达·卡罗

奥黛丽·赫本

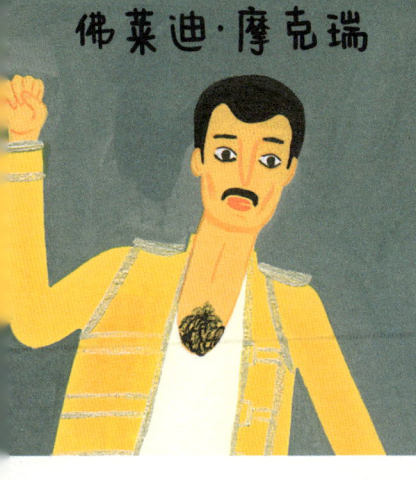

说唱歌手哈默	玛丽莲·梦露	桃乐丝的红宝石鞋
葛蕾丝·琼斯	草间弥生	崔姬
佛莱迪·摩克瑞	杰奎琳·肯尼迪	
披头士乐队		下一个引领潮流的人物也许就是你!

宽大而气派的衣物可以用来炫耀自己的权力，比如这条曼图亚裙，法国及英格兰皇室的女性曾穿着这样的服装。它必定令人印象深刻，只是穿着它进出门可不太容易！

这条裙子包含超过4.5千克的金属丝——几乎和一只普通的猫咪一样重！

利用着装来炫耀权力的不仅仅是女性。法国国王路易十四在着装上挥霍无度，他认为衣服的用途不只是供人穿着。他用铺张浪费的时装向所有人宣告自己是国王。

你知道鞋子可以表明你有多重要吗？如果你是法国国王路易十四的宠儿，他就会让你穿上红跟鞋，这样一来，所有人都能知道谁是宫中红人。

宫廷鞋

红色鞋跟也能让穿着者注意保持干净——要是看不到红色鞋跟，就说明你需要擦鞋了！

高底鞋

说到保持干净，这款设计于威尼斯的鞋可以使双脚远离漫过街道的脏水。久而久之，鞋子越来越高，以至于穿着者需要在数个仆人的帮助下才能四处走动。

如果你穿着这些鞋走路，大概也需要有人助你一臂之力……

馆鼻则孝 设计的 无跟鞋

灵感来自日本木屐。

这双"**维维安·韦斯特伍德**"的鞋，跟太高了，导致一位超模在T台上摔倒了。

只顾时尚不顾功能未必总有好结果！

如果你需要展现自己的身份地位，那么一顶不同凡响的帽子能使你的形象更加高大。正因如此，君主们才头戴华丽威严的王冠。不过，为显示身份而穿着可不只是国王、王后们的专利：我们头上戴的东西可以体现我们的重要程度。

主教冠

主教冠由英国国教会的主教和大主教们佩戴。

高顶礼帽

据说，美国第十六任总统亚伯拉罕·林肯会将演讲稿藏在他的高顶礼帽下——真方便！这顶帽子使他的身高达到了惊人的两米！

头盔

从前的日本武士会佩戴这种骇人的头盔，为了在战斗中威慑对手。

二角帽

法兰西帝国的皇帝拿破仑·波拿巴曾佩戴这种二角帽，这能使他看起来高一点儿。

羽毛王冠

这顶来自巴布亚新几内亚的王冠是由珍奇鸟类的羽毛和植物材料制成的。

能体现你高贵地位的可不仅是你头上所戴之物。都铎王朝时期，拉夫领立于潮流顶点。之前人们佩戴它是为了保持干净，不过后来它逐渐变成了重要人物的重大时尚宣言。

越大越好，越浮夸越好！

伊丽莎白一世佩戴的拉夫领足足有30厘米宽！虽然视觉效果瞩目，但戴着它们吃午饭肯定会遇到一点儿小困难……

演出要开始了!

幕布升起,一切准备就绪,演出服也不例外。

无论表演者是圣诞童话剧中的滑稽老太婆的扮演者、莎士比亚戏剧的演员、舞蹈演员、摇滚明星,还是歌剧演唱家,他们都会穿着能提高舞台表现力的服装,帮助自己施展才华。

45

如果你在看演出，请关机，摘下帽子！

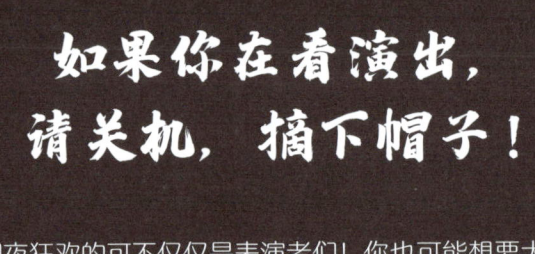

盛装打扮、彻夜狂欢的可不仅仅是表演者们！你也可能想要大肆庆祝一番，也许会穿华丽的夹克、戴时髦的帽子……但请记得在演出开始前将帽子摘下，这样才能让所有人都享有无遮挡的视野。

为什么不试试安托万·吉布斯设计的歌剧帽呢？
此帽可折叠，因此你可以将它收好放在座位底下——完美！
嘘……安静下来！是时候好好坐下享受演出了……

太棒了！

看看这双鞋，它一整晚都在翩翩起舞！

全世界的芭蕾舞者都穿这种足尖鞋——可你知道吗，这种鞋的平均舞蹈寿命为2—12个小时，因此有的鞋在一场演出后就不能再穿了！

一个芭蕾舞团每年会消耗6000双鞋！

天哪，
那是多少
舞动的双足啊！

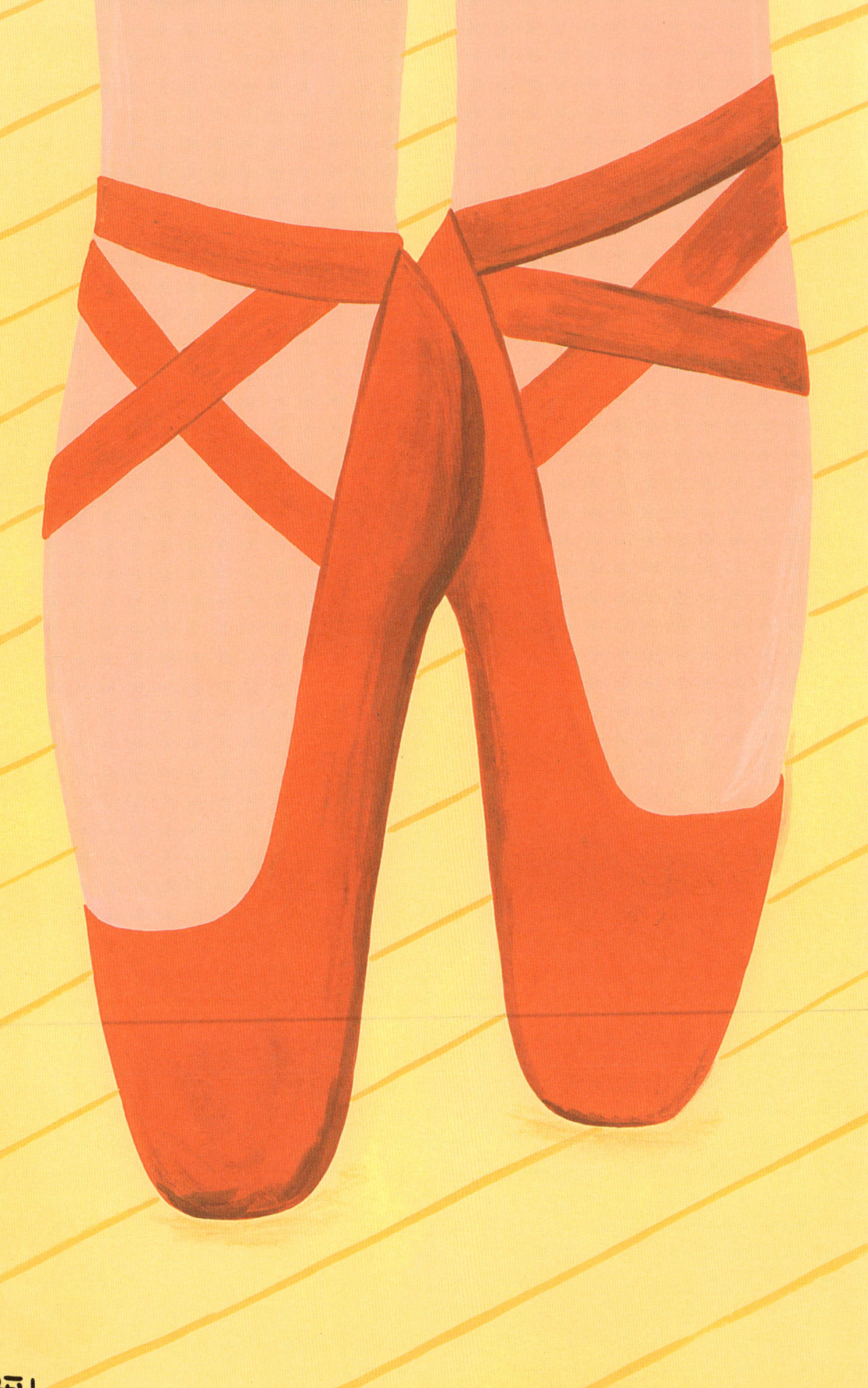

通常我们穿衣服是为了实用，但有时候我们就是想让别人大吃一惊。时尚和艺术有许多共同点：服装设计师和艺术家都在尝试冒险、打破常规。

没人像亚历山大·麦昆那样策划时装秀！他的"1999系列"压轴作品是让机器人在一场可穿戴艺术表演中，在一条连衣裙上进行喷绘。

哎呀，瞧这是什么！是裙子还是桌子？在2000年，侯塞因·卡拉扬设计了一系列把家具变成时尚的服装。

你有没有想过，一幅画作好看到可以穿上身？设计师伊夫·圣·罗兰设计的这条裙子灵感来源于彼埃·蒙德里安的作品。

有吸睛天赋的时装设计师可不仅以高雅艺术作为灵感来源。逛街买衣服，既可以赏心悦目，也可以大饱口福！

给你的小宝宝来一顶布丁帽吧？

每天摄入五份果蔬的健康饮食日，试着像演员卡门·米兰达那样在头上戴一篮水果，或者试试这顶沙拉帽如何？

艾尔莎·夏帕瑞丽与超现实主义艺术家萨尔瓦多·达利合作设计了著名的龙虾裙。他甚至想过在裙子上涂抹真正的蛋黄酱——呃……

品尝蛋糕，穿上蛋糕！

你知道这种法语叫作toque blanche的厨师帽吗？它有100道褶，象征着烹饪鸡蛋的100种不同的方式——我只能想到五种，你呢？

如我们所见，一切都能为服装设计提供灵感，但你知道设计师选择用哪种面料也事关重大吗？面料可以改变服装及其用途，无论你穿着它登顶珠穆朗玛峰，还是穿着它走去商店买牛奶……

早期人类制作服装依靠近在手边的材料，比如植物，而现在科技发展使材料拥有更多可能性。

你敢穿图中任何一套服装吗？

这件来自二十世纪六十年代的一次性服装是用纸做的！

这条木制的裙子穿起来可能有点儿重。

这条裙子由丝制的第二次世界大战军事地图制成。

一件三文鱼皮罩衣够炫吗?

这种面料是用超过一百万只圆蛛的蛛丝织成——唷!

这条漂亮的裙子由回收的瓶子制成。

你的衣服是什么面料做的?

给你的衣橱增添一抹亮丽的色彩吧!

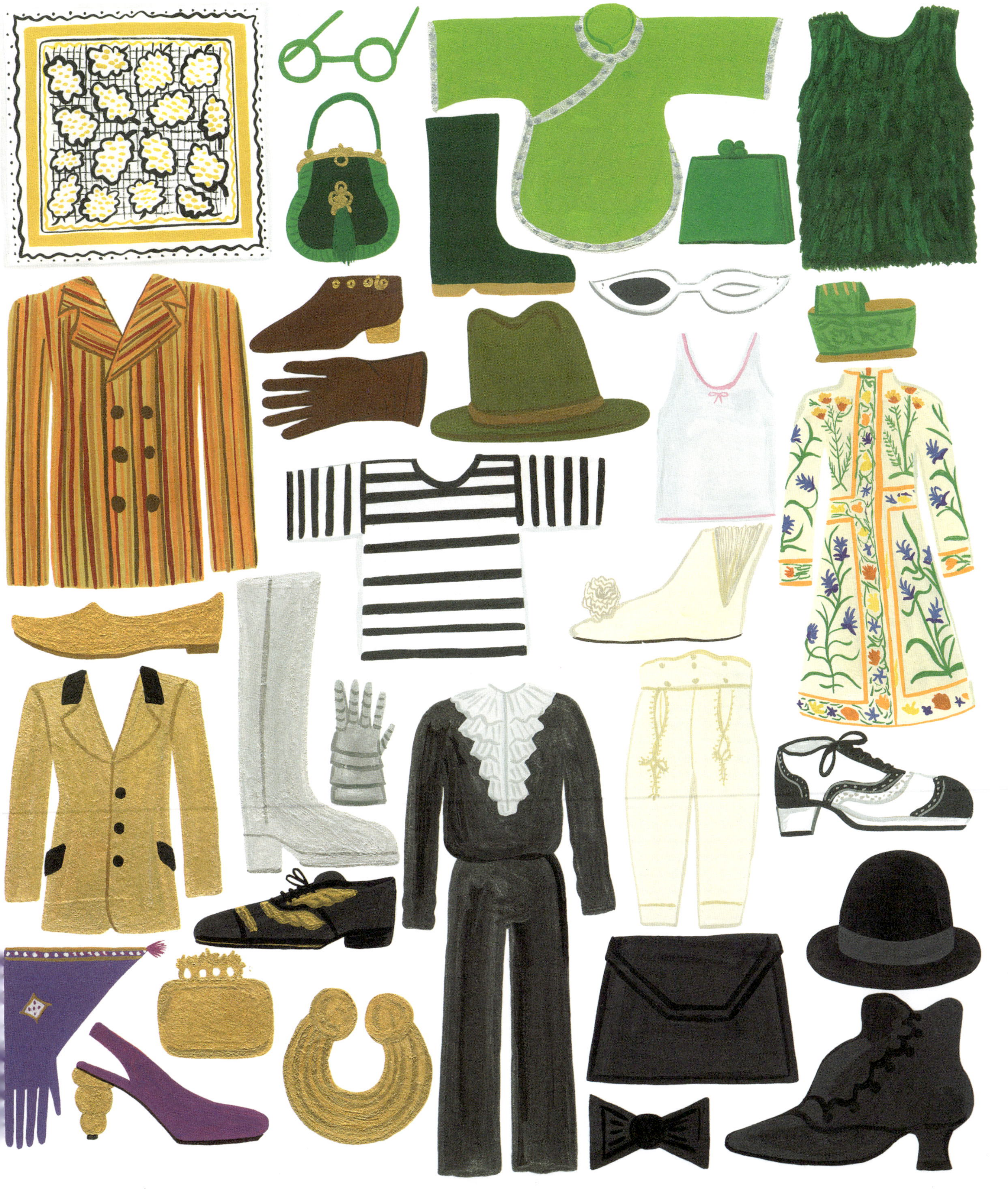

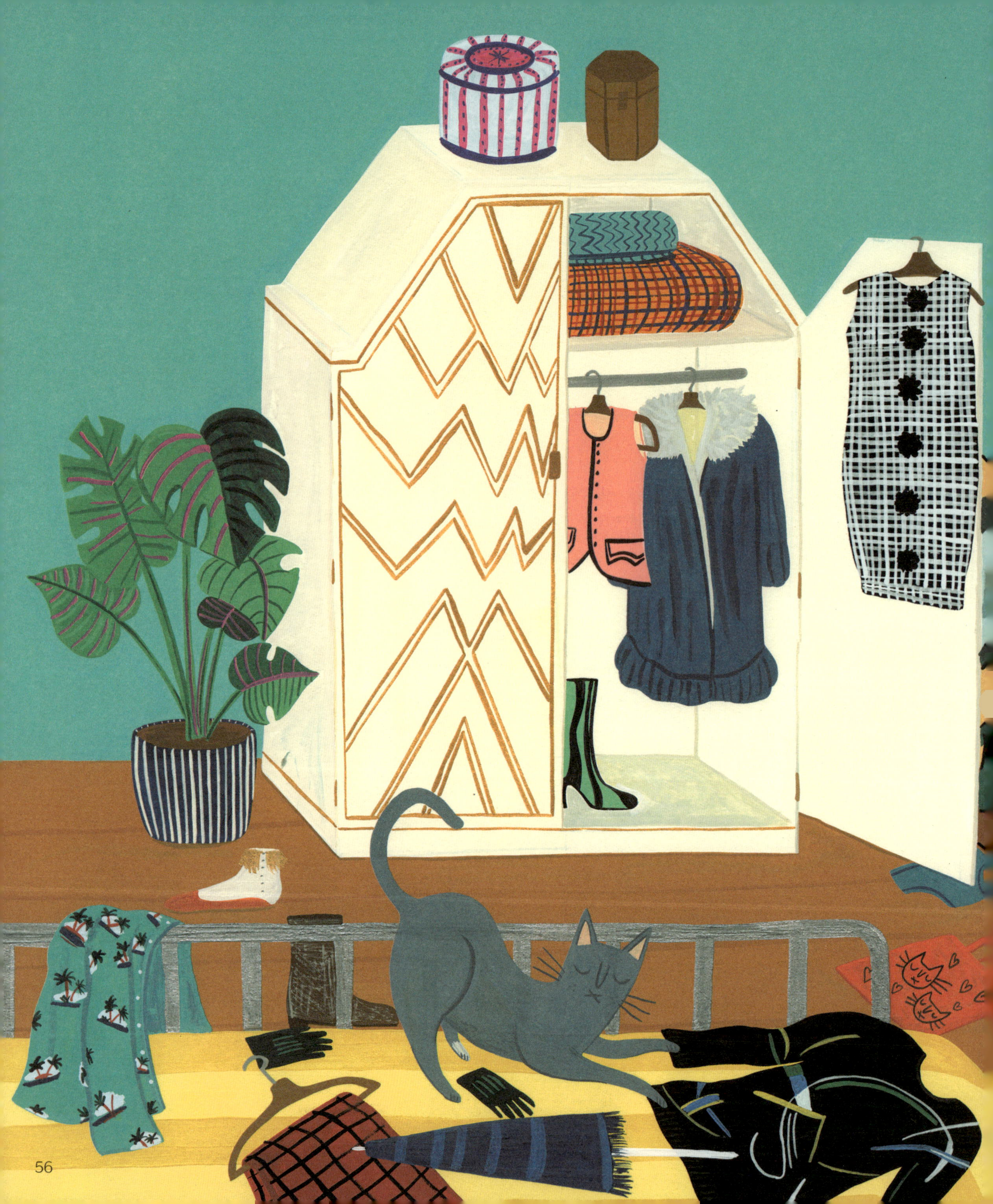

好啦，我们环游了世界，探索了或隆重或随意的装扮，研究了我们穿的衣服都有什么，为什么穿，以及如何穿。现在是时候打开衣柜换上衣服了！

但你决定好
要穿什么了吗？

你为什么

外面冷得不得了！冷呵！

我要去潜水。

我们希望穿得既好看又舒服。

时尚应该是一种解脱，而不是一种禁锢。
—— 亚历山大·麦昆

为了高一点儿！

我们要举办一场演出。

为了保持凉爽。

穿衣服？

我也不知道。现在几点了？

我想保持干净！

时尚是盔甲，保护我们幸免于日常生活。
—— 比尔·坎宁汉

嘘！我不想被人注意。

丁零零，丁零零

我们有话要说！

我真喜欢这个样式！

喂？没错，我得赶快去上班，同时看起来精神一点儿。

我太喜欢这顶帽子了。

幸好我不需要考虑这些。

术语表

时尚物件：

莫卡辛鞋 柔软的皮鞋，最初的穿着者为美洲土著。

圆顶礼帽 圆顶的毛毡帽，流行于不同时期的英国、北美洲西部及南美洲。

苏格兰短裙 及膝百褶裙，苏格兰高地的盖尔人将它作为传统裙装穿着。

阿拉伯头巾 传统中东头饰，方形棉质头巾。

褂子 短外衣，侧边系带，有中国传统服饰风格。

蕾丝帽 高耸的帽子，由硬挺的蕾丝制成，是法国布列塔尼地区女性的传统着装。

和服 长袖的宽袍，是日本人在节日及正式场合穿着的传统服装。

纱丽 穿着者为南亚女性，由轻便的布料做成披挂状，因此一端为裙子，另一端用来盖住头部或肩膀。

帼 长及膝部的袍子，腰部系上布腰带，是不丹男性穿着的传统裙装。

考尔特 斯堪的纳维亚半岛北部和俄罗斯的萨米人的传统服装，以鲜明、高对比度的色彩和高领为特征。

雨伞 便携、可折叠的罩篷，用来防雨。

阳伞 便携、可折叠的罩篷，用来防晒。

橡胶套鞋 一种橡胶靴，套在鞋上以免鞋子打湿或弄脏。

领带 长而窄的一块布料，环绕脖子并在前面打结。经常作为学校制服或职业装的一部分。

领巾 宽而平直的一块布料，环绕脖子穿戴。最早由17世纪的法国人捧红。

领 衬衫、连衣裙、大衣或女士罩衫的一部分，紧紧裹住脖子。

马裤 19世纪广泛流行的紧身裤。

保暖内衣裤 专门为保暖而设计的衣物。

长内裤 紧身长裤，通常在寒冷的天气穿着于外裤之下。

紧身胸衣 女士紧身内衣，从胸部下方延伸至臀部，用于塑形及束腰。

裙撑 肥大、硬挺的衬裙，用于支撑女士裙装。有时是一个钢罩子。

扇子 扁平的物件，通常可折叠，拿在手中挥动可使空气流通，使自己感到凉爽。

木屐 沉重的皮制或木制鞋，有厚厚的木底。

桃乐丝的红宝石鞋 朱迪·加兰在经典电影《绿野仙踪》（1939）中扮演的桃乐丝·盖尔穿的红色魔法鞋。

人物：

让·谷克多（Jean Cocteau，1889—1963）法国诗人、作家、设计师、剧作家、导演。

查尔斯·麦金托什（Charles Mackintosh，1766—1843）苏格兰人，防水面料发明者，麦金托什雨衣以他的名字命名。

玛丽·奎恩特（Mary Quant，1930—）威尔士时装设计师、英国时尚偶像。

大卫·鲍伊（David Bowie，1947—2016）英国创作歌手，世界知名的音乐人之一，因其革新精神及音乐格调而备受赞誉。

奥黛丽·赫本（Audrey Hepburn，1929—1993）英国女演员，见证了好莱坞的黄金时代，是被大众推崇的电影明星及时尚偶像。

说唱歌手哈默（MC Hammer，1962—）美国嘻哈音乐人，因其炫技的舞蹈动作及宽松肥大的哈默裤而闻名。

玛丽莲·梦露（Marilyn Monroe，1926—1962）美国女演员、模特、歌手，当时的流行文化偶像。

艾瑞斯·阿普菲尔（Iris Apfel，1921—）美国女企业家、室内设计师、时尚偶像。

杰奎琳·肯尼迪（Jackie Kennedy，1929—1994）1961至1963年间的美国第一夫人，约翰·F. 肯尼迪总统的妻子，因其服饰格调与个人风度而为人所念。

碧昂丝（Beyoncé，1981— ）美国歌手，曾是R&B女子组合"真命天女"的成员并因此成名，世界知名音乐人，专辑畅销全球。

崔姬（Twiggy，1949— ）英国模特、演员、歌手，因其大眼睛、长睫毛、短发的标志性形象而闻名。

普林斯（Prince，1958—2016）美国歌手，全球唱片销量过亿，因其华丽铺张的时装风格而闻名。

可可·香奈儿（Coco Chanel，1883—1971）法国时装设计师、女企业家，创立了极具符号性的香奈儿品牌。

佛莱迪·摩克瑞（Freddie Mercury，1946—1991）英国歌手兼词曲作者、唱片制作人，广为人知的是他作为摇滚乐队"皇后乐队"主唱的身份和他夸张花哨的舞台形象。

葛蕾丝·琼斯（Grace Jones，1948— ）牙买加裔美国歌手兼词曲作者、超模、唱片制作人、女演员，因其在视觉效果上的实验探索而闻名。

草间弥生（Yayoi Kusama，1929— ）当代艺术家，被誉为最重要的日本在世艺术家之一。

弗里达·卡罗（Frida Kahlo，1907—1954）墨西哥艺术家，其作品以墨西哥流行文化为灵感来源，对身份、性别、阶级、种族等主题进行探索。

查理·卓别林（Charlie Chaplin，1889—1977）英国喜剧演员、导演、作曲家，在默片时代名声大振，被认为是电影史上最重要的人物之一。

披头士乐队（The Beatles，活跃于1960—1970）英国摇滚乐队，1960年成立于利物浦，被公认为历史上最有影响力的乐队之一。

路易十四（King Louis XIV，1638—1715）自1643年即位至1715年逝世期间，一直为法国国王，因其宫廷生活的奢华与铺张而闻名。

伊丽莎白一世（Queen Elizabeth I，1533—1603）1558至1603年间的英格兰及爱尔兰女王，她的统治时期被称为"伊丽莎白时代"。

安托万·吉布斯（Antoine Gibus，17世纪，具体年份未知）法国人，发明了歌剧帽，即一款可折叠的高顶礼帽，可平放于剧院座位下。

亚历山大·麦昆（Alexander McQueen，1969—2010）英国时装设计师，创立了同名时装品牌，因其戏剧化的、突破界限的设计而闻名。

伊夫·圣·罗兰（Yves Saint Laurent，1936—2008）法国时装设计师，创立了时装品牌伊夫·圣·罗兰，发明了女士吸烟装，是20世纪最重要的时装设计师之一。

彼埃·蒙德里安（Piet Mondrian，1872—1944）荷兰画家，抽象艺术发展时期的先驱人物。

侯塞因·卡拉扬（Hussein Chalayan，1970— ）土耳其时装设计师，其作品将人体、服装与科技、建筑相融合。

卡门·米兰达（Carmen Miranda，1909—1955）巴西桑巴歌星、舞者、女演员、电影明星，因其标志性的水果帽着装而闻名。

艾尔莎·夏帕瑞丽（Elsa Schiaparelli，1890—1973）意大利时装设计师，其作品受到萨尔瓦多·达利等超现实主义艺术家影响。

萨尔瓦多·达利（Salvador Dalí，1904—1989）西班牙超现实主义艺术家，因其作品中惊人而怪异的意象而闻名。

比尔·坎宁汉（Bill Cunningham，1929—2016）美国时尚摄影师，因其自然直率的街拍而闻名。

威廉·莎士比亚（William Shakespeare，1564—1616）英国诗人、剧作家、演员，常被称作最伟大的英语写作者。

出场藏品

英国国立维多利亚与艾尔伯特博物馆（V&A）的时尚藏品横跨五个世纪，并拥有全世界最大、最全面的裙装收藏。重点藏品包括罕见的17世纪长袍、18世纪曼图亚裙、20世纪30年代的晚礼服、20世纪60年代的日常着装、二战后的高级时装。其藏品也包括世界各地品类繁多的配饰，如鞋类和帽子。书中许多插图的原型都来自英国国立维多利亚与艾尔伯特博物馆（V&A）的物件，或其他现存的时尚物件——看看你能否认出它们吧！这些物件包括：

封面

粉色条纹手套，艾尔莎·夏帕瑞丽，法国，1937

橙色纸质连衣裙，黛安·迈耶松和乔安妮·西尔弗斯坦，英国，1967

草帽，佳士得，英国，20世纪90年代中期

银黑双色手袋，未知，法国，约1925年

黄色和服，未知，日本，1930—1940

舞蹈裙，未知，法国，约1925年

粉色晚宴夹克，艾尔莎·夏帕瑞丽，法国，1937

橙色马甲，未知，法国，1770—1779

粉色刺绣短袍，未知，巴基斯坦，19世纪

鸵鸟羽毛帽，奥利弗·梅塞尔，英国，1939

蓝色戏剧服，未知，19世纪

黄色夏日连衣裙，霍罗克斯时装，英国，1955

红色连指手套，未知，瑞典，19世纪

绿色马甲，未知，中国，1880—1910

蓝色泳衣，詹森，英国，1950—1959

黄黑双色帽子，未知，英国，20世纪30年代

绿色长筒袜，未知，西班牙，18世纪中期

2—3

衣柜，安布罗斯·希尔爵士，英国，1932

台灯，乔治·卡沃丹设计，赫伯特·特里桑丝公司制造，英国，1935—1938

屏风，"风景中的沐浴者"，凡妮莎·贝尔与欧米茄工坊，英国，1913

地毯，海伦·亚德利，英国，1989

便鞋，阿内洛和达维德，英国，约1970

《时尚》杂志法国版，康泰纳仕，法国，1964

黑底金花手袋，雷恩，英国，1989—1990

绿色电话，"爱立信700"，爱立信公司，英国，1976—1980

6—7

和服，未知，日本，1920—1950

莫卡辛鞋，未知，加拿大，1850—1900

月亮纹纱丽，苏莱曼和阿齐兹·卡特里，印度，2012

紫色外套，未知，中国，1900—1911

8—9

蓝色大衣，克里斯汀·迪奥，法国，约1980年

黄绿色滑雪装，未知，英国，约1922年

红色滑雪装，博柏利，英国，1929年

红夹克，拉杰什·普拉塔普·辛格，印度，2009

白紫相间连衣裙，降落伞系列，艾尔莎·夏帕瑞丽，法国，1936

粉色帽子，吉尔平有限公司，英国，约1925年

10—11

白色遮阳伞，米哈伊尔·伊夫兰皮耶维奇·佩尔金，俄罗斯，19世纪

黄色橡胶套鞋，玛丽·奎恩特，英国，1967

红色雨伞，森兹，荷兰，2004—2005

绿色阳伞，未知，英国，约19世纪20年代

麦金托什雨衣，于贝尔·德·纪梵希，法国，20世纪60年代

14

领带，未知，英国，20世纪70年代

粉色领带，维多·斯图尔特·格雷厄姆，英国，20世纪80年代

15

蕾丝方巾，未知，比利时，1730—1750

衣领，休·巴里·斯各特和弗洛伦斯·巴里·斯各特，英国，1903

16—17

绿色睡衣套装，未知，英国，约1930年

黄色泳衣，芬尼根有限公司，英国，1937—1939

蓝色丝质睡衣裤，未知，中国，20世纪20年代

吸烟装，未知，英国，约1906年

白色亚麻网球裙，未知，英国，约1910年

黑色泳衣，子午线，英国，约1925年

18—19

白底紫红花纹短袜，未知，土耳其，20世纪60年代

绿色长筒袜，未知，西班牙，18世纪中期

蓝白相间短袜，未知，中国，约1880—1900年间

橙色长筒袜，未知，英国或法国，约1750—1770年间

20—21

牛仔靴，未知，美国，20世纪40年代

红色绒球鞋，未知，土耳其，19世纪

紫色便鞋，芬兰，20世纪70年代

黄绿色布洛克鞋，约翰·麦卡菲，英国，约1925—1935年间

蓝色靴子，未知，英国，约19世纪60年代

鞋尖翘起的鞋，未知，印度，约1800—1900年间

切尔西鞋匠鞋，切尔西鞋匠，英国，1971

丝缎鞋，未知，中国，19世纪

黄色鞋子，未知，英国，1830—1835

白色超级明星运动鞋，阿迪达斯，英国，1994

红色靴子，未知，英国或法国，1865—1875

芭蕾舞鞋，弗雷德里克·弗里德，20世纪中期

棕黄色及膝靴，安东·恰佩克，维也纳，1895—1915

莫卡辛鞋，未知，美国，19世纪

蛇皮多色鞋，特里·德·哈维兰，英国，1972

蓝色厚底鞋，碧玛，意大利，1972

茶色勃肯凉鞋，勃肯，德国，1994

银色夹趾凉鞋，印度，1850—1900

22—23

喀奇帽，未知，印度，约1875年

头盔，未知，韩国，1550—1650

野牛帽，马尔科姆·麦克拉伦和维维安·韦斯伍德，英国，1982

针织帽，未知，印度，19世纪中期

鞋形帽，艾尔莎·夏帕瑞丽，法国，1937—1938

环状包头巾，未知，巴基斯坦，19世纪中期

黄黑相间毡帽，未知，英国，20世纪30年代

刺绣无檐教士便帽，未知，印度，20世纪早期

睡帽，未知，英国，1600—1624

吸烟帽，未知，英国，约1870年

24—25

玳瑁太阳镜，奥利弗·戈德史密斯眼镜，英国，1964

白色狭缝太阳镜，奥利弗·戈德史密斯眼镜，英国，1968

红色眼镜，大卫·沃特金斯和温迪·拉姆肖，英国，1966—1967

眼镜，未知，可能为法国

三角形太阳镜，米克利，法国，20世纪80年代早期

黑色金链太阳镜，斯蒂芬·罗斯霍尔兹，英国，1989

26—27

银黑双色手袋，未知，法国，约1925年

黑金双色手袋，未知，法国，约1924年

房子形手袋，露露·吉尼斯，英国，1998

奶油色刺绣工具包，未知，英格兰，1701—1702

绿色珠饰包，未知，法国，20世纪20年代

白色口袋包，未知，意大利，约1700年

红色喷漆帽盒，未知，韩国，1880—1910

班加拉面包袋，未知，印度，20世纪

黄色钱包，未知，中国，19世纪至20世纪

背包，未知，英国，1930—1939

飞翼靴，吉姆·奥康纳和弗里德姆先生，英国，1970

28—29

罂粟花衬衫，奥西·克拉克和西莉亚·比特维尔，英国，1968—1970

白底蓝花手帕，利伯提百货，英国，20世纪30年代

左上方手帕，卡洛琳·查尔斯，英国，1990—1991

右上方手帕，未知，巴基斯坦，1867

左下方手帕，未知，1960—1969

右下方手帕，利伯提百货，英国，1935—1939

30

粉色晚礼服手套，艾尔莎·夏帕瑞丽，法国，1938

圆点手套，本哈德·威荷姆，德国，2000

米黑双色手套，弗雷迪·罗宾斯，英国，1997—1999

黄色手套，弗雷迪·罗宾斯，英国，1997—1999

米黄色皮手套，未知，英国，1930—1959

黑绿黄红四色手套，未知，法国，20世纪60年代晚期

奶油色花纹手套，玛丽·莫里斯和查尔斯·里基茨，英国，约1899年

灰色羊毛手套，小筱美智子，英国，1993—1994

带毛羊皮手套，未知，欧洲，1960—1995

红色花朵手套，莱斯利·斯莱特，英国，1979

深褐色手套，A. 拜得，法国，20世纪10年代

红底金花手套，未知，西班牙，16世纪

浅褐色手套，伯纳德·纽曼，美国，1936

31

白扇子，未知，印度，19世纪

黑色羽毛扇，未知，中国香港，20世纪

黑金双色扇子，未知，1800—1825

红蓝相间扇子，邓肯·格兰特和欧米茄工坊，英国，1913

绿底金花扇子，未知，意大利，17世纪20年代

34—35

妇女参政论者纪念丝巾，英国，约1910年

紫色连衣裙，马斯特，英国，1911—1912

38—39

曼图亚裙，玛格达莱妮·贾尔斯和勒孔特夫人，英格兰，1740—1745

宫廷装，未知，法国，1790—1800

40—41

蓝色厚底鞋，维维安·韦斯特伍德，英国，1993

红色鞋子，馆鼻则孝，日本，2014

42—43

主教冠，奥古斯塔斯·普金，英国，约1848年

武士头盔，义秀，日本，1700—1800

44—45

芭蕾舞裙，奥斯伯特·兰卡斯特，英国，约1970年

歌舞伎演员图样，歌川国芳，日本，约1810年

46—47

紫色帽子，林地兄弟，英国，1910

白色羽毛帽，林地兄弟，英国，1908—1910

桃红羽毛帽，奥格·塔鲁普，英国，20世纪50年代

48—49

黄红白三色蒙德里安礼服裙，伊夫·圣·罗兰，法国，1965

50—51

埃德娜夫人的早餐裙，斯蒂芬·阿德尼特、多米尼克·默里、玛蒂尔德·威利斯和巨星制作有限公司，英国，1997

蚕豆沙拉帽，迪尔德丽·霍肯，2010

婚礼蛋糕裙，安东尼·霍兰德，英国，1979

蓝色方格裙，于贝尔·德·纪梵希，法国，20世纪60年代

金宝汤裙，购买品，伊莎贝尔·舒尔茨基金会、马丁·维茨和卡里尔·维茨、赫斯特集团礼品，美国，1996—1997（大都会艺术博物馆）

52—53

白红黑三色花纹，吕西安娜·戴，英国，1953

红黑紫三色圆弧花纹，罗斯玛丽·纽瑟姆，英国，1968

黄白粉三色几何花纹，吕西安娜·戴，英国，1969

绿黑蓝三色花纹，爱德华·休斯，英国，1955

彩虹花纹，苏珊·科利尔、莎拉·坎贝尔、科利尔·坎贝尔和克里斯蒂安·菲施巴赫尔，瑞士/英国，1983

蓝绿底图形花纹，吕西安娜·戴，英国，1951

蓝绿双色纸裙，黛安·迈耶松、乔安妮·西尔弗斯坦、迪斯珀公司，英国，1967

三文鱼大衣，未知，西伯利亚，约1900年

柑橘花纹，边亚·伊索拉，芬兰，1956

木制连衣裙，山本耀司，日本，1991—1992（大都会艺术博物馆）

54—55

奶油色花卉婚纱，理查德·考利和安德鲁·惠特尔，英国，1970

蓝边丝巾，约翰·怀亚特，利伯提百货，1979—1980

粉色条纹手套，艾尔莎·夏帕瑞丽和萨尔瓦多·达利，法国，1937

蓝色花纹上衣，未知，中国，约1880—1920

条纹西装，鱼先生，英国，1968

蓝红相间长裤，维维安·韦斯特伍德，英国，20世纪80年代

蓝色靴子，未知，英国，1851

粉色扇子，未知，中国，1950—1988

白色婚鞋，未知，英国，1865

银色靴子，未知，英国，1970—1974

橙色雏菊连衣裙，未知，中国香港/美国旧金山，1960—1970

蝶形太阳镜，奥利弗·戈德史密斯眼镜，英国，20世纪50年代

黑白双色布洛克鞋，未知，英国，1920—1940

红黄相间鞋子，尤提乐提，英国，20世纪40年代

蓝绿色比基尼，库珀斯，英国，1983

白色长裤，未知，英国，1810—1820

粉色晚宴夹克，艾尔莎·夏帕瑞丽，英国，1937年底

香农格罗夫颈甲，未知，爱尔兰，公元前800年—公元前700年

黑色飞翼便鞋，考克斯顿鞋业有限公司，英国，约1925年

绿色上衣，普拉达，意大利，2007

金跟紫色高跟鞋，约翰尼·莫克，英国，1990年

旗袍，未知，中国香港，1946—1956

56—57

衣柜，安布罗斯·希尔爵士，英国，1932

58—59

连衫裤工作服，吉姆·奥康纳和弗里德姆先生，英国，1970

泳衣，维京人，英国，1925—1929

舞厅戏服，乔治·德·基里科，约1929年

如果想了解更多关于本书中提到的英国国立维多利亚与艾尔伯特博物馆(V&A)藏品，请访问：www.vam.ac.uk

图书在版编目（CIP）数据

我们为什么穿衣服？ /（英）海伦·汉考克斯著绘；鱼橙译. — 北京：北京联合出版公司，2022.6
ISBN 978-7-5596-6136-4

Ⅰ.①我… Ⅱ.①海… ②鱼… Ⅲ.①儿童故事-图画故事-英国-现代 Ⅳ.① I561.85

中国版本图书馆 CIP 数据核字 (2022) 第 059640 号

Why Do We Wear Clothes?
Copyright © Victoria and Albert Museum, London, 2019
Written and illustrated by Helen Hancocks
The moral right of the author and illustrator has been asserted
First published in Great Britain in the English language by Penguin Books Ltd.
Simplified Chinese translation copyright © 2022 by Beijing Tianlue Books Co., Ltd.
All rights reserved.
封底凡无企鹅防伪标识者均属未经授权之非法版本。

我们为什么穿衣服？

作　　者：[英]海伦·汉考克斯	北京联合出版公司出版
译　　者：鱼　橙	（北京市西城区德外大街83号楼9层　100088）
出 品 人：赵红仕	北京联合天畅文化传播公司发行
选题策划：北京天略图书有限公司	北京盛通印刷股份有限公司印刷　新华书店经销
责任编辑：龚　将	字数15千字　889毫米×1194毫米　1/12　6印张
特约编辑：邹文谊	2022年6月第1版　2022年6月第1次印刷
责任校对：钱凯悦	ISBN 978-7-5596-6136-4
美术编辑：刘晓红	定价：66.00 元

版权所有，侵权必究
未经许可，不得以任何方式复制或抄袭本书部分或全部内容。
本书若有质量问题，请与本公司图书销售中心联系调换。
电话：010-65868687　010-64258472-800

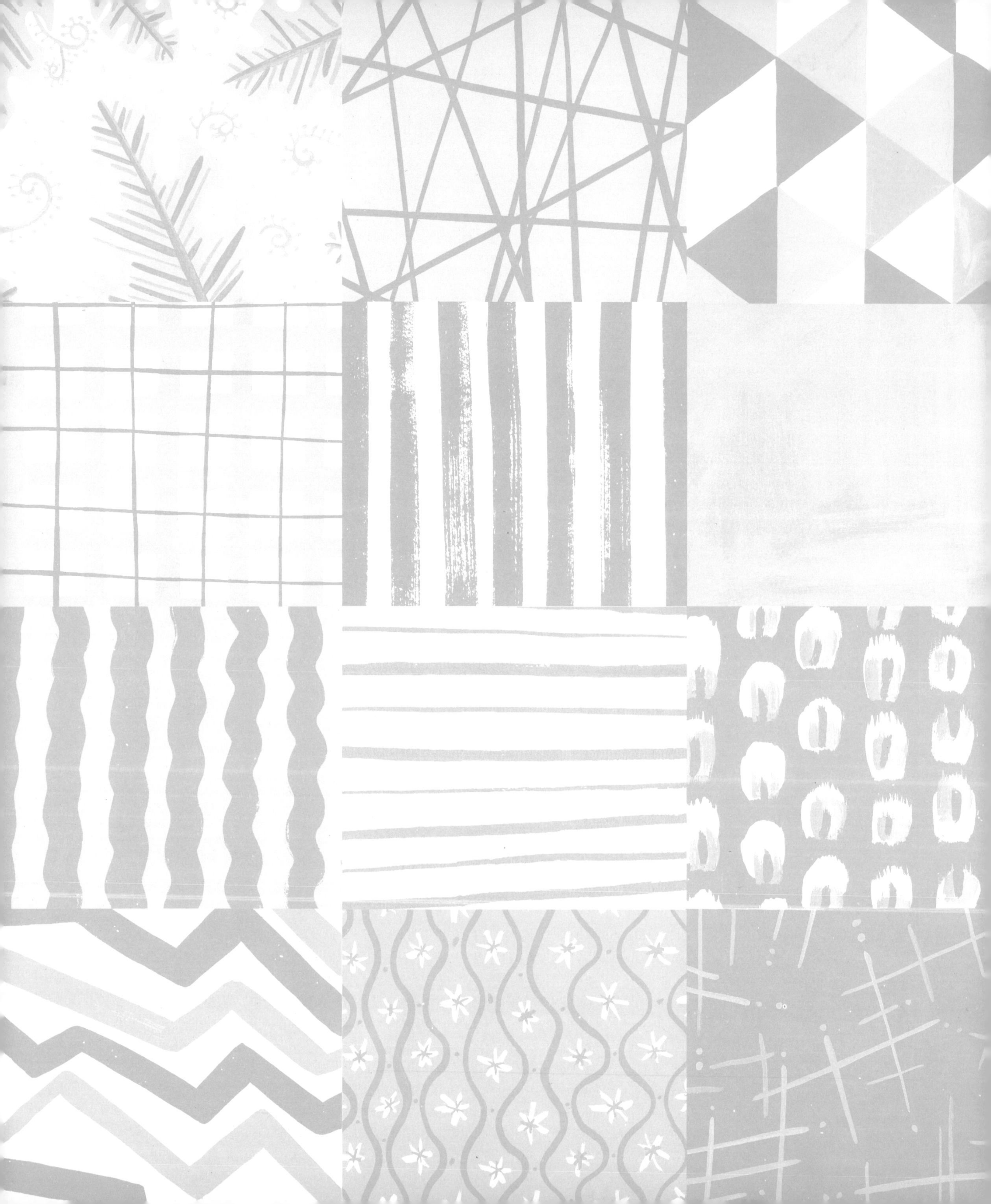